Totó

Este livro pertence a

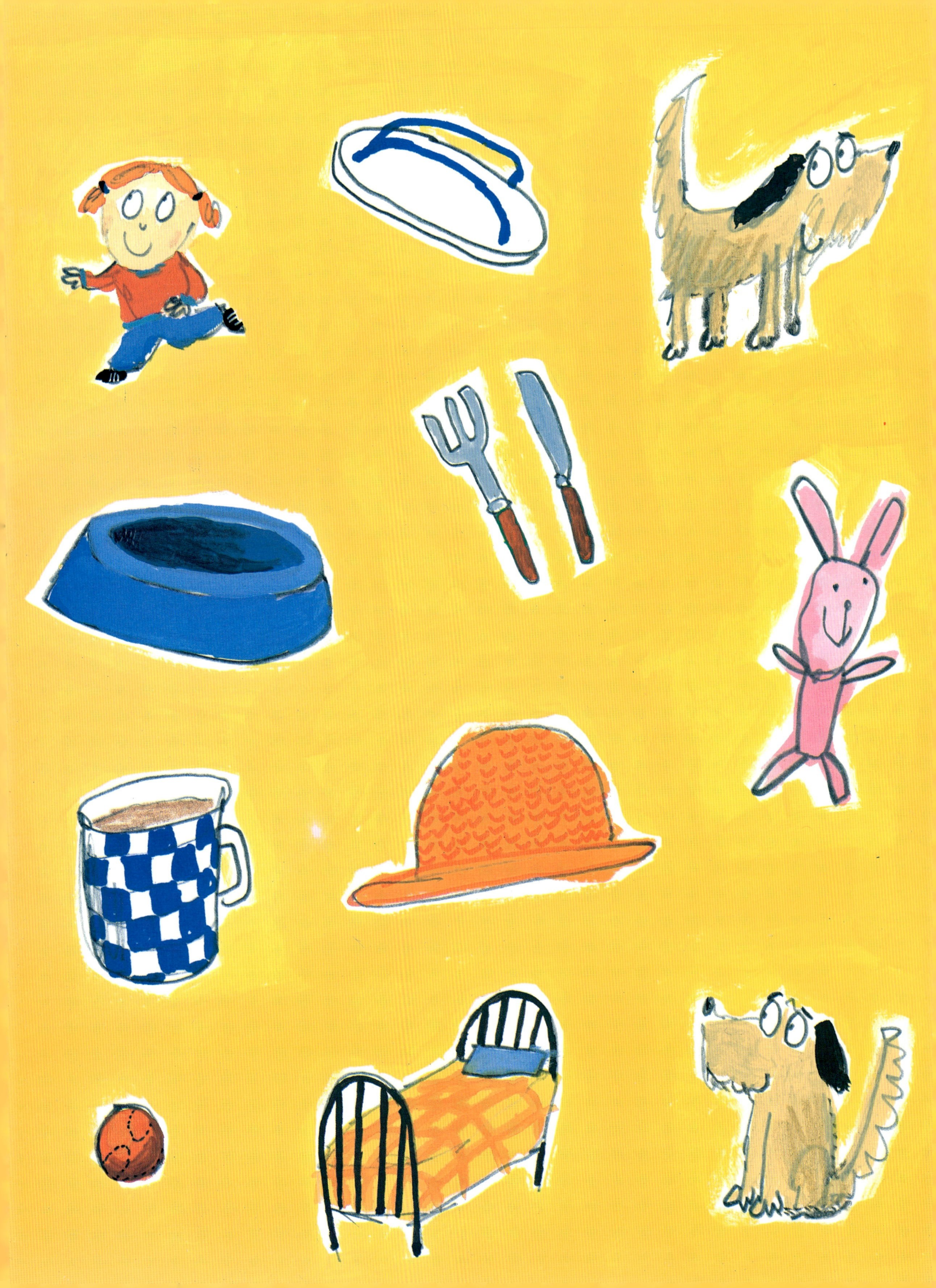

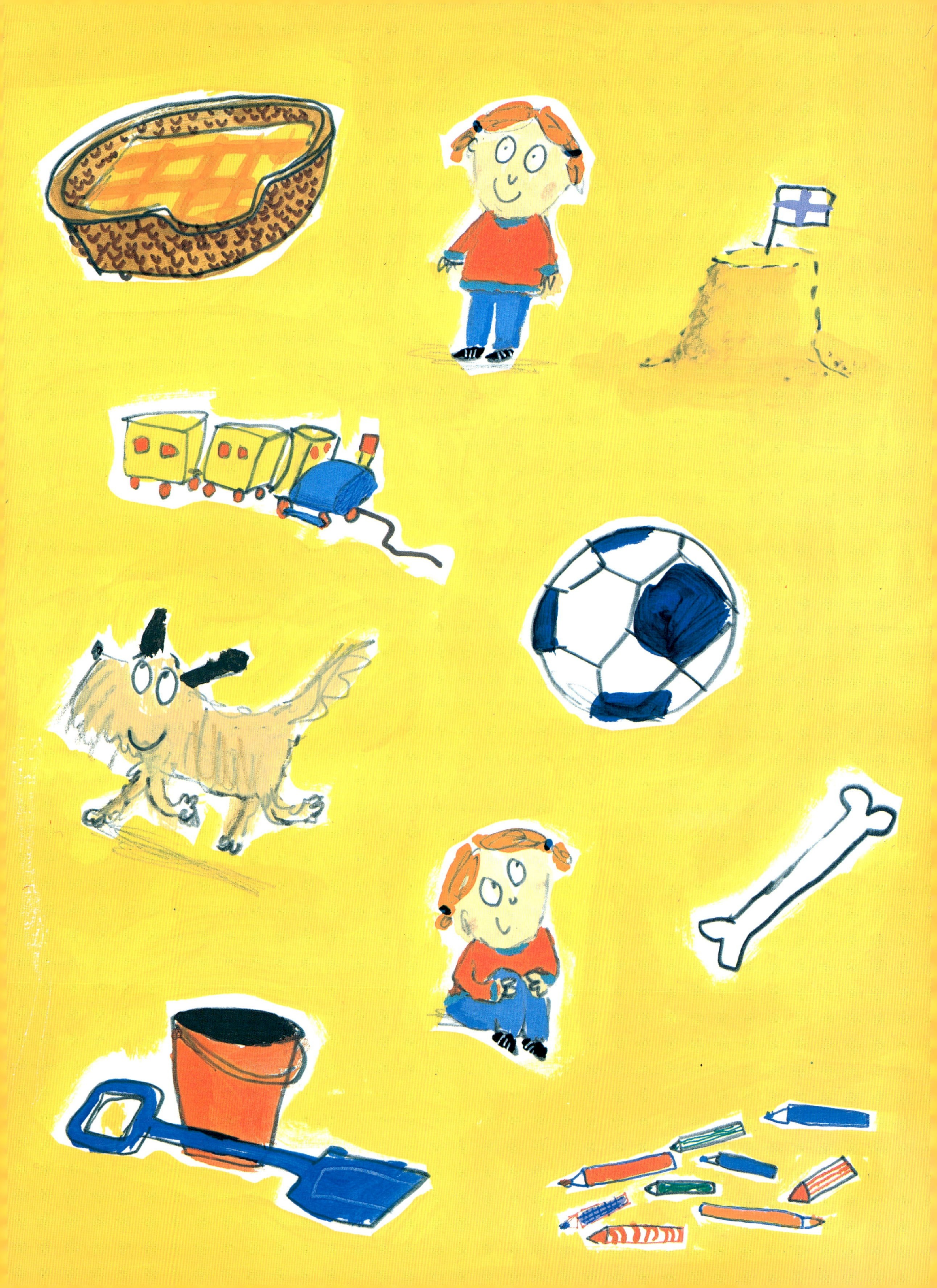

Para meu pai e minha primeira caixa de lápis de cor – NL

Para Laura, que reparou que nosso gato Smudge achava que nós fôssemos suas pessoas de estimação – MR

Esta obra foi publicada originalmente em inglês com o título
ROVER por Bloomsbury Publishing.
Copyright © Michael Rosen, 1999, para o texto.
Copyright © Neal Layton, 1999, para as ilustrações.
Os direitos morais do autor estão garantidos.
Copyright © 2002, Livraria Martins Fontes Editora Ltda.,
São Paulo, para a presente edição.

1ª edição
fevereiro de 2003

Produção gráfica
Geraldo Alves

Dados Internacionais de Catalogação na Publicação (CIP)
(Câmara Brasileira do Livro, SP, Brasil)

Rosen, Michael.
    Totó / Michael Rosen ; ilustração de Neal Layton ; tradução Monica Stahel. – São Paulo : Martins Fontes, 2003.

    Título original: Rover
    ISBN 85-336-1714-3

    1. Literatura infanto-juvenil I. Layton, Neal. II. Título.

02-5575   CDD-028.5

Índices para catálogo sistemático:
1. Literatura infantil   028.5
2. Literatura infanto-juvenil   028.5

Todos os direitos desta edição para o Brasil reservados à
Livraria Martins Fontes Editora Ltda.
Rua Conselheiro Ramalho, 330/340 01325-000 São Paulo SP Brasil
Tel. (11) 3241.3677 Fax (11) 3105.6867
e-mail: info@martinsfontes.com.br http://www.martinsfontes.com.br

Totó

Michael Rosen Neal Layton

Tradução: Monica Stahel

Martins Fontes
São Paulo 2003

Esta é minha pessoa de estimação. Existem pessoas de todos os tamanhos: ela é de uma raça um pouco maior do que a minha.
Fui eu que escolhi o nome dela: Totó.

Suas orelhas não ouvem tão bem quanto as minhas.
Ela tem as garras muito fracas.
O pêlo dela só cobre a cabeça.

UMA ORELHA QUE NÃO OUVE MUITO BEM

PÊLO

UM POUCO MAIOR DO QUE EU

OUTRA ORELHA QUE NÃO OUVE MUITO BEM

TOTÓ

O pai dela, que eu chamo de Rex, tem pêlo no rosto. A mãe, que eu chamo de Laica, não tem.

SEM PÊLO

PÊLO

PÊLO

GARRAS

REX

LAICA

Às vezes eu sento em cima da Totó. Às vezes a Totó senta em cima da Laica. Às vezes a Totó senta em cima do Rex. Às vezes nós todos sentamos um em cima do outro.

Totó não sabe comer direito. Ela espeta a comida com umas coisas de metal.

MUITO BEM!

PERFEITO, QUERIDA!

À noite, eu levo Totó até a cesta dela. É uma cesta comprida, e ela se enfia debaixo de um acolchoado, com uns ursinhos.
Tenho vontade de levar o coelhinho para a minha cesta, mas acabo deixando com ela.

O latido dela é muito estridente. Às vezes meus amigos também levam outras pessoinhas para brincar. Quando são novinhas, achamos ótimo deixá-las latir juntas.

Quando Totó e eu vamos ao parque, ela sempre perde sua bola, mas eu vou buscá-la e trago de volta.

Vá pegar!

Totó tem que passar um tempão olhando para uma caixa barulhenta e colorida. Quando ela se cansa, eu abano o rabo para ela olhar.

No verão, eu coloco todos na caixa da família, e Rex e Laica a fazem ir até o mar. Eu ponho a cabeça para fora da janela, para ajudar a caixa a correr mais depressa.

VRoom!

Vamos até um enorme tanque de areia, onde as pessoas tiram quase toda a roupa de frio. Então algumas saem correndo, com roupas de baixo coloridas, e outras se deitam e se fingem de mortas.

Um dia, no último verão, nós sentamos no tanque de areia, enquanto o vento soprava areia por todo lado. Eu achei bom, mas Rex e Laica não gostaram. No fim, os dois acabaram adormecendo debaixo de um cobertor.

Perto de onde estávamos, havia um homem e uma mulher, um tentando engolir o outro.

Foi então que Totó saiu para dar uma volta.

Fiquei meio triste quando a vi diminuir, diminuir, até sumir.

Então Rex saiu de baixo do cobertor. Ficou em pé e olhou para todos os lados. Ele acordou Laica e os dois começaram a latir.

ACORDE!

Procurei por todo lado...

ELA SUMIU!!

O QUÊ? AH, NÃO!

PARA ONDE

Laica foi correndo até os dois que estavam tentando se engolir, apontou para todo lado do tanque de areia e latiu mais um pouco. Então todos olharam para mim.

QUEM?

O QUE FOI?

O que perderam?

MINHA NOSSA!

Rex abanou o coelho de Totó debaixo do meu nariz e latiu para mim. Começou um barulhão, e as pessoas que estavam deitadas ficaram em pé. Laica me deu uns tapinhas nas costas e Rex abanou o coelhinho de novo.

Achei que estava na hora de voltar para a caixa, mas eu não queria ir sem Totó. Então saí andando pelo tanque de areia para procurá-la.

Rex e Laica andavam atrás de mim. Iam olhando para o mar.
Eles latiam para todas as pessoas que passavam.

— VIU NOSSA MENINA?

— Eu bem que avisei...

— Ai

Um grupo de pessoas estava tentando acertar uma bola na rede. Às vezes erravam, e a bola passava por cima. Então elas latiam muito.

Eu não conseguia achar Totó.

Rex e Laica respiravam alto e o rosto deles estava mais riscado do que de costume.

Então chegamos às pedras. Entre as pedras havia umas poças d'água. Nas poças havia umas coisas bobas, de oito patas, que andavam de lado.

COITADINHA DA MINHA FILHINHA...

VENHA, VAMOS PROCURAR O SALVA-VIDAS.

Rex e Laica queriam voltar e me chamavam para voltar junto. Não gostei da idéia, pois achava que tínhamos ido até as pedras para encontrar Totó e levá-la de volta.

Pulei para cima das pedras.

Não vi Totó. Olhei para trás e vi um monte de gente no fim do tanque de areia, abanando os braços.

Rex e Laica estavam agarrados um ao outro.

Então pulei até o alto de uma outra pedra e vi Totó olhando para uma poça.

Eu lati. Ela olhou para mim e apontou uma daquelas coisas bobas de oito patas. Lati de novo e Rex e Laica pularam por cima da pedra e começaram a latir e a uivar.

Seus olhos estavam cheios de água. Eles correram para pegar Totó e a abraçaram.

Então fomos voltando. Laica e Rex iam o tempo todo me dando tapinhas e abraçando meu pescoço. Era um pouco demais. Rex ia mostrando o coelhinho de Totó para todo o mundo e apontando para mim.

QUE CACHORRO!

Achou-a com este coelho!

UAU!

Até que enfim Totó podia entrar na caixa também.

Então eu pensei: a próxima vez que Totó começar a diminuir, diminuir, vou correndo atrás para ela continuar sempre do mesmo tamanho.

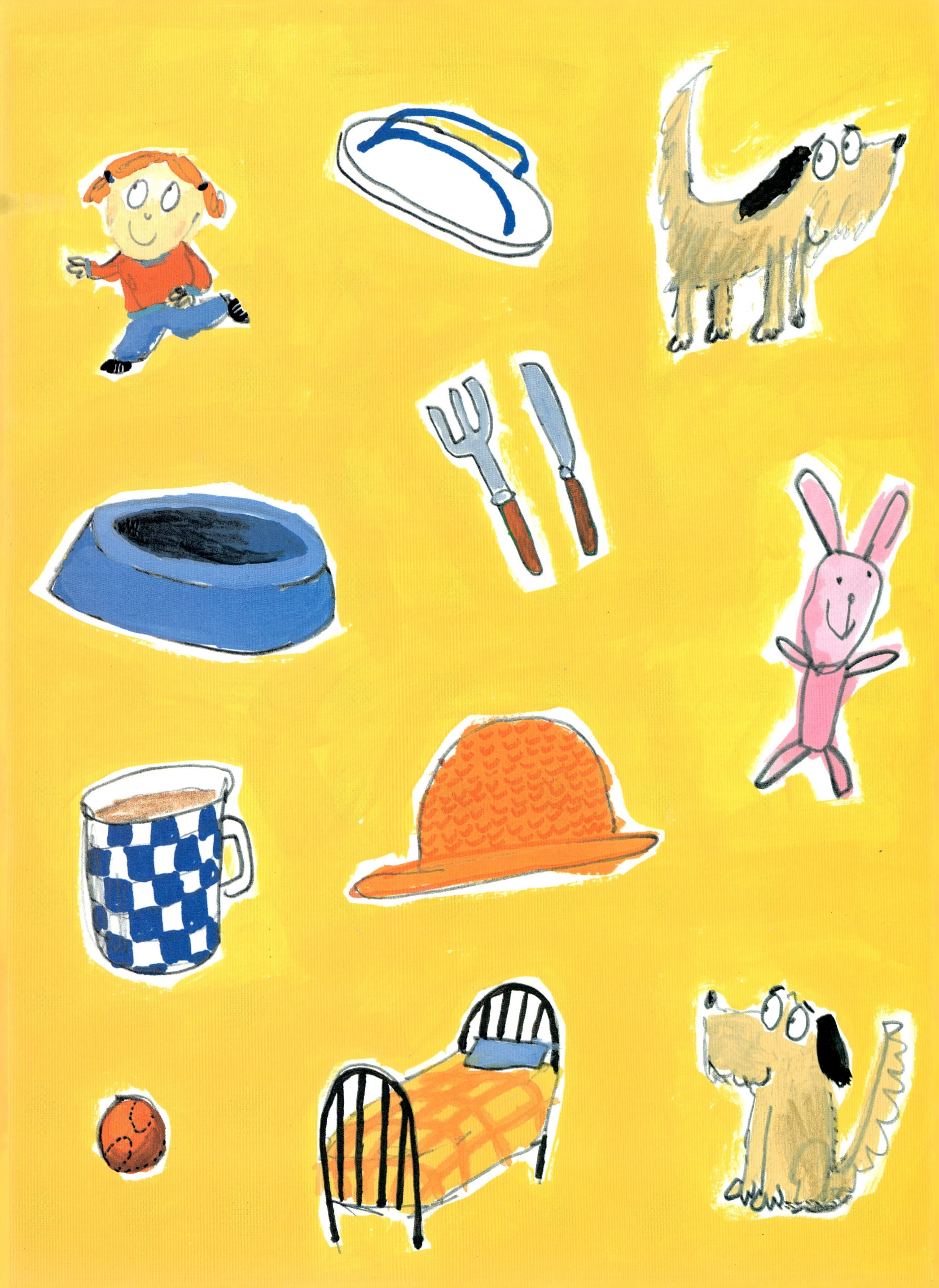

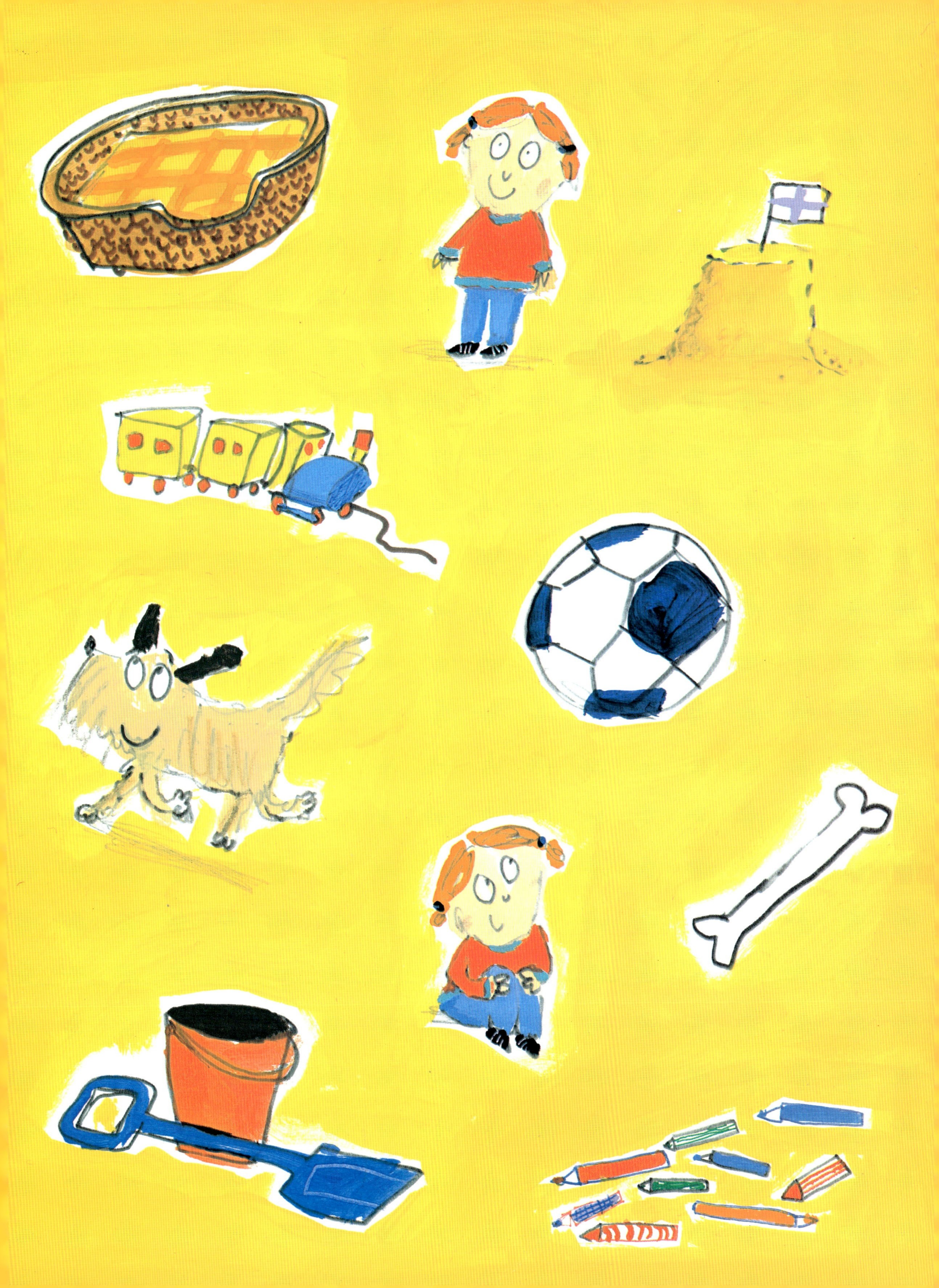

IMPRESSÃO E ACABAMENTO:
YANGRAF Fone/Fax: 6198.1788